LES TENANS

DE PÉRIER

PAR JOSEPH CAHAIGNE.

Ecce Homo !

Publication de Charles Lemesle.

PARIS.
MADAME CHARLES-BÉCHET,
QUAI DES AUGUSTINS, N. 59;
LECOINTE ET POUGIN, LIBRAIRES;
WERDET, ÉDITEUR.

1832.

LES TENANS

DE PÉRIER.

Se trouve aussi

Chez Levavasseur, Palais-Royal;
Pigoreau, place Saint-Germain-l'Auxerrois;
Lemarquière, galerie Vivienne.
Paulin, place de la Bourse.

IMPRIMERIE DE A. BARBIER,
RUE DES MARAIS S.-G., N. 17.

LES TENANS

DE PÉRIER.

PAR JOSEPH CAHAIGNE.

Ecce Homo!

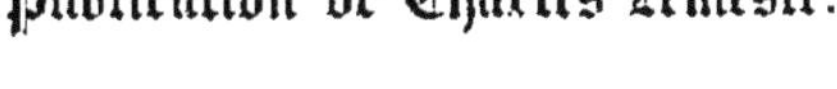

Publication de Charles Lemesle.

PARIS.

MADAME CHARLES-BÉCHET,

QUAI DES AUGUSTINS, N. 59;

LECOINTE ET POUGIN, LIBRAIRES;

WERDET, ÉDITEUR.

1832.

Quoi qu'on puisse dire sur l'organisation désorganisatrice de la garde nationale, et en supposant cette garde dominée par des chefs intrigans, ambitieux et cupides, elle a, comme corps, droit à la sympathie et au respect de tous; car la garde nationale, c'est ou ce devrait être le peuple armé.

Si donc cette sympathie et ce respect s'affaiblissent ou s'éteignent, si plus de la moitié des soldats-citoyens ne répondent plus aux appels, il en faut nécessairement conclure que la direction donnée et la conduite de certains hommes couverts de l'habit ont détruit l'harmonie et semé des haines profondes. Hommes dangereux et lâches! car, l'expérience l'a prouvé, après avoir allumé l'incendie, ils se sauvent ou se cachent, laissant à d'autres les dangers.

Ces lâches qui frappent dans le dos un homme à terre, je les accuse: j'en ai le droit.

Au moment où commençait sérieusement la lutte de juillet, le 28 au matin, j'ai entendu des hommes par moi conviés à marcher au combat m'avouer leur poltronnerie.

Devenus depuis gardes nationaux grâce au peuple, je les ai entendus se vanter d'avoir fait rouler à coups de crosse ceux qu'ils n'avaient osé suivre à l'heure du danger.

J'ai vu des gens en habit de garde national à cheval pousser brutalement leurs chevaux contre des femmes.

J'ai lu les lettres des officiers qui ont eu le courage de chercher à justifier de pareils actes.

Ce sont là de désolantes réalités.

Témoin de la générosité du peuple pendant le combat et après la victoire, témoin aussi de la pusillanimité et de la bassesse de ses détracteurs, l'indignation m'a saisi et j'ai publié cette satire.

La garde nationale, comme corps, me saura gré de marquer sur le front ces êtres qui, cédant à une inspiration alcoolique ou furieuse, tendent à dépopulariser et compromettre son uniforme; inhabiles, du reste, à marcher dans ses rangs si un danger réel apparaissait; si, par exemple, l'ennemi franchissait la frontière.

De la garde nationale, considérée comme corps, je sépare ces hommes qui n'osent soutenir leurs actes au grand jour et assassinent clandestinement sous le manteau de l'ordre public ; encore ces pitoyables êtres n'ayant d'activité que pour aller complimenter monsieur tel ou tel favorisé par les puissans du jour ; en un mot, je rends à la généralité, comme à chaque citoyen qui se respecte, la part de dignité qui leur revient.

Mais je frappe impitoyablement sur les intrigans, les égoïstes et les lâches.

Et, malgré cela, je suis bien loin des révélations fournies par les procès du jeune Désirabode, du *National* et de *la Tribune*.

A BARTHÉLEMY.

Je me disais : Comment dans une tête humaine,
A jour fixe, enfanter cent beaux vers par semaine ?
Et de crainte pour toi mes sens étaient saisis.
Mais ton œil d'aigle avait mesuré l'étendue;
Et, quand j'allais pleurer sur ta gloire perdue,
Dans les cieux je vis Némésis.

Ah ! frère, honneur à toi ! ta muse patriote
A marqué sur le front plus d'un Iscariote
Qui pour livrer son maître attendait l'ennemi.
Les larves de comptoir par Némésis honnies
S'en iront désormais glapir aux Gémonies,
Près du droit divin endormi.

Te parlerai-je ici de ces filous de bourse,
Qu'en échange d'honneur l'improbité rembourse
En bons tirés pour eux sur le juste-milieu ?
Traînerai-je à tes pieds ces hideux diplomates
Spéculant sur la vie et l'honneur des sarmates ?
Ferai-je aussi reculer Dieu ?

Et les juges!... Eh bien! ils condamnent encore!
Orgueilleux du laurier dont ta main les décore,
Ils siégent recouverts du dôme constellé.
Aux registres hideux de leur aréopage
Dis-leur d'entériner cette admirable page
Où le parjure est flagellé.

Et moi qui demandais à l'ange des merveilles
D'inspirer, d'échauffer tes poétiques veilles,
Qui tremblais de te voir haletant, épuisé,
Tomber sans force avant la carrière fournie!...
Ah! frère, ma sagesse est noblement punie.
Où ton génie a-t-il puisé?

Prisonnier comme toi pour crime de pensée,
Je pleure tous les jours sur la gloire éclipsée;
Comme toi, je gémis de l'avilissement
Où des hommes de boue ont traîné la patrie;
Comme toi je combats une idole flétrie,
Et je suis pur de tout serment.

Soldat de nos trois jours, pour ma voix citoyenne
Ton suffrage... Après lui, la tourbe mitoyenne
Peut glousser à son aise autour du publicain.
Accepte cet écrit qu'un frère te dédie :
Il n'a pas de tes chants atteint la mélodie,
Mais il est franc républicain.

LES

TENANS DE PÉRIER.

« Soldats, reposez-vous : la bataille est finie.
» Des murs de la Cité la paix long-temps bannie,
» En essuyant ses pleurs y rentre sur vos pas;
» Notre œuvre est accompli : reposez-vous, soldats.
» Dans le ménage allez raconter votre gloire...
» Et pourtant un regret se mêle à la victoire :
» Pour un si grand exploit les effets sont mesquins :
» Ils n'ont pas tous paru, ces fiers républicains
» Ennemis acharnés du repos de nos princes.
» Je le redis encor, les résultats sont minces :
» Ils n'étaient, bien comptés, que trois ou quatre cents (1). »

Ainsi dit Froidefond; voilà le grain d'encens
Dont sa bouche guerrière assaisonna l'éloge.
En des jours de malheur, abrité sous la toge,

Il léchait à genoux les pieds du Très-Chrétien :
Aujourd'hui de Philippe honorable soutien,
Sous l'uniforme bleu vétéran de parade,
Froidefond se raidit pour le *cher camarade.*
Pour animer les siens, le juge guerroyeur
Dépose en ce grand jour son antiqne frayeur :
Voyez-le brandissant cette coquette épée
Qui, si de sang humain elle apparut trempée,
N'alla point s'en rougir aux plaines d'Austerlitz,
De Fleurus, de Wagram, ni contre les Strélitz
Dont Charles-le-Bigot soudoyait la colère;
Non : c'est trop de péril et trop peu de salaire.
Mourir pour son pays, c'est mourir... Au combat
Laisser jambes ou bras, gagne-pain du soldat,
Voyez le bénéfice !.... Au grand mot de victoire
Joignez pour aliment le parfum de la gloire,
Et vivez !... Jusqu'au ciel on porte les héros;
Puis le chant baisse... encor... toujours... Comme des flots,
De rocher en rocher se perd la voix sublime.
Héros à trop bon prix devient sotte victime.
Homme de plus d'esprit, mieux jugeant, Froidefond
Sur des gens désarmés fait une charge à fond.
En de pareils combats point de jambes cassées,
D'entrailles en plein vent, de têtes fracassées;
Bien à plaindre est celui qui revient l'œil poché.
Certes, c'est un brevet de brave à bon marché.
Aussi regardez-les, fanfarons de taverne,
Mulets bien attelés au char qui les gouverne

(Quand eux-mêmes devraient lui tracer le chemin),
Voyez-les se dressant au contact de la main
Du perfide cocher qui les met dans l'ornière....
Mais vienne un citoyen qui sur sa boutonnière (2)
Montre un signe d'honneur acheté de son sang:
Oh! du bravache alors le courage descend ;
Quand il faut, chance égale, affronter face à face
Un soldat de juillet, le fanfaron s'efface;
Aussitôt qu'il n'a plus l'appui du bataillon,
A sa bouche lui-même il applique un bâillon ;
Apôtre déloyal, nouvel Iscariote,
Il renie au grand jour, devant un patriote,
L'uniforme civique à qui la liberté
Naguère confiait la souveraineté.

Voilà donc vos exploits, gens sans foi ni courage,
Lâches! Vous que j'ai vus, lorsque tonnait l'orage,
Au fond de vos celliers, pâles, suant la peur,
Aujourd'hui vous croyez sous un masque trompeur
Dérober de vos traits la plate couardise?....
Quoi! du courage aussi métier et marchandise!...
Car nous vous connaissons, mercantiles forbans:
Vous voulez de l'argent, des honneurs, des rubans;
D'autres ont pris la bête : il vous faut la curée....
Mais du moins, par égard pour votre foi jurée,
Protecteurs de la Charte, au soleil des trois jours (3),
Il fallait secourir la Charte, vos amours,

Si ces petits hochets dont on nous barriole
Aiguillonnent si fort chez vous la gloriole;
Si vous aviez voulu vous réhabiliter (4),
Au soleil des trois jours il fallait mériter
L'écarlate ruban qu'aujourd'hui l'on vous jette,
Que dix-sept mille preux demandent en cachette (5).
Mais en traits de civisme ériger des forfaits;
Alors qu'on assassine exalter ses hauts faits;
Courir, la hache en main, contre des gens sans armes,
Et prétendre à l'honneur!...Vous répandez des larmes?
Ces larmes sont de honte, indignes malfaiteurs!...
Que cet œuvre de sang retourne à ses auteurs.
Souvenez-vous en bien, sbires de la tontine,
Avec la baïonnette, avec la guillotine,
La terreur est debout alors qu'un citoyen
Prend sa fureur pour juge et la mort pour moyen.

Quel contraste!... Ainsi donc, sous le roi populaire,
Du quatorze juillet voici l'anniversaire!
Au quatorze juillet, un peuple incandescent,
Au cri de la Patrie, arrosait de son sang
Ce parvis formidable où la main du Vandale,
Mourante, avait tracé la ligne féodale;
Enceinte ténébreuse où venaient s'engloutir
Le jeune homme imprudent navré de repentir,
Le soldat, l'écrivain dont la bouche trop fière
Refusait hautement de baiser la poussière

Du légitime ergot béni par un prélat;
Au quatorze juillet, de son plus riche éclat
Un jour libre inondait les tours de la Bastille....
Le peuple se soulève!.... A la voix de Camille *,
En flots tumultueux il investit le fort.
La mort le fauche en vain : son héroïque effort
A bientôt fait crouler les royales murailles.
Du monstre féodal il ouvre les entrailles;
Il expose au soleil ces trous, ces cabanons
Que défendait naguère un cercle de canons :
Lieux hideux à décrire, où nos bons rois de France
Avaient, comme à plaisir, investi la souffrance
Du droit de torturer sans fin des malheureux....
Oh! comme ils bénissaient ce peuple généreux,
Les hommes que brisaient les fers de l'esclavage!
Depuis une heure à peine affranchi du servage,
Il rendait au soleil ces Français enchaînés
Que des rois bordeliers, libertins couronnés,
Immolaient au dépit de quelques gourgandines....
On les faisait passer sous les fourches caudines
De ces beautés de nuit, bétail du parc aux Cerfs,
Dont le roi *bien-aimé* voulait calmer les nerfs (6).
Alors comme aujourd'hui, le peuple magnanime
Aux tortures des grands arrachait la victime;
Et pourtant, il avait aussi ses gros banquiers....
Alors comme aujourd'hui, d'avides boutiquiers

* Camille Desmoulins.

Au cri de liberté faisaient la sourde oreille :
Ainsi que leur métier leur crainte était pareille.
Las enfin de se voir jusqu'au sang étriller,
Le peuple, disaient-ils, ne voulait que piller (7)
Quand il revendiquait le droit de la nature :
Agir, manger pour vivre. A la sotte imposture
De droit divin fardée ils n'osaient s'arracher;
Alors comme naguère ils couraient se cacher :
Mannequins grimaçant sous le masque des hommes,
Ils tremblaient pour leur vie, ils tremblaient pour leurs somm
Lorsque le brave peuple, en haîne des tyrans,
De la mer monarchique affrontait les brisans...
Et pourtant, quel profit en pouvait-il attendre?
Vivre libre ou mourir. Certe il n'osait prétendre
A l'honneur d'être inscrit sur les tables d'airain :
Vivre libre ou mourir!... Qu'importe un lendemain?...
De tant de citoyens tombés pour la patrie
Où lisez-vous les noms? Un culte de latrie
A leurs mânes vainqueurs devait offrir l'encens :
Où fume-t-il, Français? Quels hymnes, quels présens,
Tributs accoutumés des pompes funéraires,
Indiquent à vos cœurs leurs urnes cinéraires?
Vous avez oublié jusques à leur trépas....
Ah! si la liberté pour vous a des appas,
Par pudeur, citoyens, souvenez-vous des braves
Qui jadis en mourant brisèrent nos entraves!....

Mais non, l'œuvre est finie : elle reste sans prix.
Vainqueur de la Bastille, ils ne t'ont pas compris.
On voyait clair pourtant aux lueurs de tes flammes;
Mais un sale intérêt neutralise les âmes :
Ils font sonner bien haut le mot de dignité,
Et courent à l'encan vendre leur liberté.
Écoutez ce tribun à la voix si farouche :
Un bâillon d'or bientôt va lui fermer la bouche;
Il ne parlera plus qu'en mots entortillés
Dans l'alphabet de cour pendant mille ans pillés.
Pour juger des destins de la nouvelle Rome,
Citoyens, savez-vous ce qu'il faut être? un homme;
Non ce bétail métis nommé *Juste-Milieu*,
Qui prône la bassesse et ravale son dieu;
Son dieu, car le pouvoir pondérateur des mondes
Ne descendit jamais à ces calculs immondes
Pesant contre un sac d'or la générosité,
Le civisme, les mœurs, l'esprit, la probité;
Il n'a pas pu créer deux sortes de justice;
Matière ou non, jamais Dieu n'a fait d'armistice
Entre deux ennemis nés pour combattre à mort:
J'entends le droit du juste et le droit du plus fort.

Vantez-vous donc, Français, de l'état où nous sommes!
Des noms tarés, des mots seuls gouvernent les hommes;
Un pantin vous enchaîne au bagne du pouvoir:
Esclaves, vous traînez le boulet du devoir;

Non ce devoir prescrit par la loi naturelle,
Que la raison commande et qui découle d'elle;
Mais contrat d'idiots abandonnant leur bien,
Sans égard pour son prix, sans en réserver rien,
Au vautour panaché qui ronge leurs entrailles....
Retrempez-vous, Français! Regardez ces murailles
Où la balle du peuple entérina vos droits!...
Brisez, brisez les nœuds de ces langes étroits
Que serre autour de vous la fraude monarchique!
Face à face osez voir ce fantôme anarchique
Qu'à vos yeux tremblottans on jette si hideux;
Droit du peuple ou des rois, jugez de qui des deux
Vous devez aujourd'hui soutenir la bannière.
On vous l'a dit assez, *nous sommes dans l'ornière :*
Cherchez donc maintenant quel chemin vous suivrez.

Lorsque, vainqueurs de Rome et de sang enivrés,
Les barbares du Nord envahissaient la Gaule :
« Nous sommes, criaient-ils, les dieux du Capitole!
« Le colosse romain tombe sous nos efforts. »
C'était le droit du glaive : ils étaient les plus forts.
Alors vous eussiez vu les femmes violées,
L'incendie à la ferme et les moissons volées...
Sous le sceptre de fer vous courbâtes vos fronts;
Accoutumés dès-lors aux plus sanglans affronts,
Comme bêtes de somme au plus fort dévolues,
Vous pleuriez lâchement vos libertés perdues;

Nul Pélage gaulois n'appelait au combat;
Entre les seuls bourreaux se vidait le débat....
Mais un, plus fort que tous, lassé de l'anarchie,
Sur la boue et le sang fonda la monarchie :
On vit surgir alors l'antique Pharamond,
Du Vandale et du Goth tyrannique limon,
Qui le premier du moins légitima sa race.
En ces barbares temps, quand sous sa dent vorace
Le vainqueur a broyé les membres du vaincu,
Le peuple compte encor : son droit a survécu.
A l'entour du pavois qu'a plâtré le carnage,
Sur le gouffre royal la liberté surnage;
Son glaive est suspendu sur le front des faux dieux.
Chaque an, au mois de mars, sous le dôme des cieux
Le peuple souverain tient son conseil aulique,
Discute l'intérêt de la chose publique,
Parle de paix, de guerre, et commente les lois,
Investi du pouvoir de déposer ses rois.
Ainsi firent les Francs tant que leur énergie,
Dans la Gaule par eux de tant de sang rougie,
Maintint le droit du peuple en face des tyrans;
Mais quand des mains d'un roi ceux qu'on appelle grands
Reçurent sans rougir un habit de livrée,
Derechef aux vautours la France fut livrée.
A la glèbe attaché, le serf s'exténuait
Pour nourrir un féal qui souvent le tuait;
Puis vinrent de nos preux les courses amoureuses,
Age d'or des pillards, des moines, des coureuses,

Age en ces quatre mots décrit : *Dévotion*,
Meurtre, *fainéantise* et *prostitution*....
La bassesse grandit : la noble valetaille
Cherche à la garde-robe un habit à sa taille;
Valet de chambre, ou bien porte-coton du roi :
Tout est grand à la cour; il n'est de bas emploi...
Mais le pays bientôt tourne à l'alcalescence.

On l'avait nétoyé pourtant : l'effervescence
Qu'allume dans le sang un beau soleil d'été
Avait porté ses fruits dans la grande cité :
Debout comme un géant sur la ville soumise,
Protecteur de la foule à sa garde commise,
Un fusil à la main, le peuple se montrait
Désintéressé, grand, tel enfin qu'il paraît
Avant que des jongleurs la délétère haleine
De son modeste habit vienne infecter la laine....
Quel accord! quel concert de bénédictions!
Comme l'on porte au ciel ses grandes actions!
Pas d'hymnes ici-bas dignes de sa victoire ;
Aux seules harpes d'or à célébrer sa gloire (8)!
Au lieu du glas funèbre, à l'âme des mourans
Les vents apporteront des accords enivrans :
Ils rediront du peuple, après ce rude orage,
La probité... plus grande encor que le courage.
Tels étaient vos discours, quand dans l'air allumé
S'alongeait à vos yeux le sillon enflammé

De la balle du peuple avant-coureur terrible :
Il était maître alors ! A son bras invincible,
Trembleurs, vous demandiez aide et protection.....
Bientôt l'ignoble ruse et la déception,
Mortes durant trois jours, retrouvent une issue :
Du géant qui s'endort auprès de sa massue
Leurs sordides liens préviennent les efforts :
On entasse sur lui de sales coffres-forts ;
Et quand par trahison il est chargé de chaînes,
Le vainqueur populaire, objet de basses haines,
A la louange entend succéder le mépris ;
Du sang qui coule encore on lui jette le prix :
Un peu de l'or volé rentre à son escarcelle (9).
Il murmure, il se plaint ; et tambour et crécelle
Ameutent contre lui des hommes aveuglés
Qui, tout-à-l'heure encor par le fisc étranglés,
Imploraient le sauveur qu'ils couronnent d'épines.
De l'ancien règne alors renaissent les rapines ;
Et, tandis que la faim tourmente les vainqueurs,
Un splendide repas attend les mitrailleurs.
A Polignac, aux siens, auteurs de la tempête,
On offre, *pour un jour, cinquante francs par tête ;*
Car la Sainte-Alliance ainsi l'a décidé.
Et toutefois son front ne s'est pas déridé :
Elle menace encore, et sa voix légitime
Ordonne à nos trembleurs l'impunité du crime :
Pour lui complaire, il faut qu'un scandaleux arrêt
Au glaive de la loi dérobe Peyronnet,

Polignac, Chantelauze et Guernon de Ranville!
Ce n'est encore tout : au soldat de la ville
Qui, blessé, traîne à peine un membre endolori,
La Thémis du vieux roi réservé un pilori (10).
La révolution tonne en vain; on s'en joue :
Les sauveurs ont crié : « Halte ici, dans la boue!
« Repoussez loin de vous les fougueux discoureurs :
« Halte donc, dans la boue.... Écoutez vos sauveurs! »
Vos sauveurs!... Ils vous ont insufflé leur courage :
Au mot de liberté vous trépignez de rage;
Contre la liberté la peur vous aguerrit;
La peur vous fait veiller, vous soutient, vous nourrit.

Mais qui donc a dressé ces hideux tabernacles?
Quel est ce bouge infect, autre Cour des Miracles,
Où s'entasse de nuit l'écume de Paris?
Qui peut leur suggérer ces révoltans paris?
C'est à qui, pour trois francs, brisera plus de têtes!
Cris de sang, cris de mort, féroces épithètes...
Horreur!.... Mais tout-à-coup, du haut de l'escalier,
On signale un fanal sur la tour de Carlier.
L'ordre mystérieux est compris : la vigie
Vient régulariser cette nocturne orgie:
Voilà les assommeurs dûment embrigadés.
Demain ces autres loups, vers le Cirque guidés,
Sous une bête fauve, hyène de passage,
De bien boire le sang feront l'apprentissage.

Là, sur la même place où le peuple jadis
Arborait son drapeau sur des créneaux maudits,
La jeunesse, l'espoir de la race future,
A cette horde infâme est jetée en pâture!
Voyez-vous? le sang coule!... Eh quoi donc! vous riez,
Hommes d'ordre public! Au meurtre conviés,
L'horreur ne roule pas sa lave dans vos veines?
Vous riez!... Hélas! oui; mes paroles sont vaines...
Laissez faire le meurtre; oui, vous avez raison:
Mieux vaut aller en troupe à la grande maison,
Pour qu'on sourie au chef ou pour qu'on le décore.
Haranguer à genoux l'enfant qui tète encore,
La royale bavette et l'auguste maillot,
Quand le soleil levant scintille de Chaillot,
Voilà la grande affaire!... Après tout, les écoles
N'ont-elles pas toujours fourni des protocoles
A l'audace, à l'émeute, à la rébellion?
Pour tous ces turbulens c'est presque un talion.
Ainsi disent ces gens dont les *mains toujours pures*
Font à peine au budget deux ou trois découpures...
Toujours prenant le mot de quelques chefs braillards,
Ainsi que vos patrons vous répétez : « Pillards! »
Et pendant que sur nous votre troupe se rue,
Le mouchard nous égorge au milieu de la rue!
Un vœu pour la Pologne est dit séditieux;
Vous rêvez, en plein jour, de mort, de factieux,
De vengeances... Bientôt le cauchemar atroce
Se résume en ce mot si tristement féroce :

Ils n'étaient que trois cents!... Courageux Froidefond,
Que trois cents!... ô regrets!... Puis apparaît Tourton,
Général commerçant dont la loi consulaire
. . . . le savoir-faire....
Lobau se montre ensuite : ah! d'un bonnet ducal
Vite, vite, coiffez le nouveau maréchal!
C'est le prix bien gagné de son apostasie.
A ses derniers exploits tout Paris s'extasie.
Écoutez-le parler : à cet aimable ton,
Qui donc reconnaîtrait le boulanger Mouton (11),
Quittant, bien jeune alors, le pétrin de son père,
Pour aller guerroyer sur la terre étrangère?
Vite, un bonnet ducal! S'il fut républicain,
Il a jeté bien loin l'uniforme mesquin
Sous lequel autrefois il courait à la gloire.
N'oubliez pas surtout sa dernière victoire :
N'a-t-il pas, aussi bien qu'un féodal seigneur,
Craché sur des Français honorant l'empereur?
Vite, un bonnet ducal! c'est le dernier salaire
De qui peut déserter l'étendard populaire.

Eh donc! pavanez-vous, héros du lendemain!
Mais vous n'êtes encor qu'à moitié du chemin :
Le jour n'est pas bien loin où la forfanterie
Ne sera plus de mise à sauver la patrie....
Oh! vous redescendrez à votre cœur de faon :
Avant peu, dépouillé du plumage du paon,

Le geai menteur ira dans le fond de sa cage
Ensevelir sa honte et son plat bavardage.
Déjà l'avenir parle : entendez-vous sa voix?
Il précipitera, vous dit-il, du pavois
Ceux qui n'ont pas rougi d'escroquer la victoire....
Fanfarons, écoutez ce que dira l'histoire :

Vainqueur, le peuple avait conquis l'égalité.
On promit : on trompa sa générosité.
Il en était encore aux élans de la joie,
Que de vils intrigans, que des hommes de proie,
Absens lors du danger, saisirent le pouvoir.
Là, mettant sous les pieds et justice et devoir,
On les vit repousser ces Français énergiques
Dont le sang écrivait sur les places publiques
Ces mots sacramentels : *Vivre libre, ou mourir*,
Pour s'entourer de gens toujours prêts à trahir.
L'injure poursuivit les hommes de courage,
Et de la lâcheté tout devint l'apanage :
Les traîtres, les couards au moment du combat,
Furent chargés du soin de gouverner l'État.

L'Europe, de ce jour, mena la France en lesse :
Sans honte on entassa bassesse sur bassesse....
Mais à la fin, lassés de dégoûts et d'affronts,
Les gens de cœur un jour relevèrent leurs fronts :

L'intrigue en vain lutta : l'équité tutélaire
En un jour la broya sous la main populaire.

Cependant le trépas sur eux avait frappé ;
Plus d'un traître gardait un renom usurpé ;
Mais sous le vrai toujours la fausse gloire tombe :
La génération, en passant sur leur tombe,
Au lieu du vers menteur où le lâche brillait,
Écrivit : *Renégat des grands jours de juillet.*

NOTES.

(1) Ils n'étaient, bien comptés, que trois ou quatre cents...

« Je n'ai qu'un seul regret, disait M. Froidefond de Farges dans un rapport publié par les journaux, c'est que ces éternels ennemis de l'ordre ne se soient pas montrés en plus grand nombre : *ils n'étaient que trois ou quatre cents !...* »

Les journaux du temps firent une censure amère et méritée de ce *factum* insolite. Je suis resté, je l'avoue, au-dessous du sujet : la satire n'a rien de trop corrosif pour d'aussi cruelles fanfaronades. On pourra s'en convaincre en lisant le procès qui vient d'être jugé.

(2) Mais vienne un citoyen qui sur sa boutonnière...

Le jour ou le lendemain de la bataille du 14 juillet, gagnée par M. Froidefond sur des gens sans armes, un nommé Beaulieu, en habit de garde national, se vantait dans un café d'avoir arraché force cocardes tricolores. Un citoyen met la sienne à son chapeau et défie Beaulieu d'y toucher : celui-ci s'en garde en effet, et cependant propose pour le lendemain un rendez-vous qui est accepté. Après deux ou trois remises d'heure sollicitées par Beaulieu sous le prétexte d'affaires pressantes, le combat est enfin refusé par lui, et il promet, *pour réparation*, de ne plus répondre au rappel pour les prises d'armes de la garde nationale, et de ne plus mettre son habit.

Voyez les journaux du temps, où ce fait fut consigné par les témoins du décoré de juillet, et resta sans réponse.

(3) Protecteurs de la Charte, au soleil des trois jours...

Il est vrai que le 28 juillet, dans la matinée, un assez bon nombre d'anciens gardes nationaux descendit dans la rue; mais il est vrai aussi que la plupart d'entre eux croyaient n'y faire que de l'ordre public. Ils disparurent donc aux premiers coups de fusils, et, sauf quelques rares et d'autant plus honorables exceptions, l'uniforme et les épaulettes ne se montrèrent de nouveau qu'une heure environ après la fin du combat de la rue de Rohan.

(4) Si vous aviez voulu vous réhabiliter...

J'ai toujours regardé comme une faiblesse, au moins, le silence de la garde nationale lors de son licenciement sous Charles X. Elle n'avait pas mérité ce châtiment; elle en était convaincue; elle savait même que d'abord un ordre du jour de félicitations avait été préparé : comment donc, parmi toutes ces voix si habiles à débiter des complimens au maître, ne s'en rencontra-t-il pas une capable de faire entendre une remontrance ferme et polie à la fois ?

(5) Que dix-sept mille preux demandent en cachette...

Voici un fait digne de remarque. On n'a pas oublié les quelques centaines de croix d'honneur offertes d'abord aux compagnies de la garde nationale *chargées de les distribuer aux plus méritans* : il y eut refus unanime; et cela se conçoit : pourquoi donc mon voisin plutôt que moi ?

Or, dans le même temps, chacun adressait secrètement sa demande au général Jacqueminot. Si je suis bien informé, addition faite, il s'en trouva *dix-sept mille cinq cents*. Aussi, pour ne parler que des 370 dernières croix, comptez combien de refus : un seul, je crois. O hommes de cœur ! ô désintéressement !

(6) Dont le roi *bien-aimé* voulait calmer les nerfs...

Qui ne connaît la longue et horrible captivité de Masers de Latude ?

(7) Le peuple, disaient-ils, ne voulait que piller...

J'entends répéter partout ce mot *pillage* : ne serait-ce point un épouvantail imaginé par ceux qui, au fond du cœur, sentent qu'on pourrait sans injustice leur faire rendre gorge ? les négociateurs de certains emprunts, par exemple; les fournisseurs de certains marchés; certains banquiers exploitant la loi sur le compte de retour; certains marchands profitant de l'ignorance de l'acheteur pour vendre une marchandise tarée deux fois autant que la bonne, etc., etc., etc., etc. Cette ignoble et injuste accusation me paraît être bien plutôt l'expression cachée d'un remords que la crainte qui se manifeste chez l'homme à l'approche d'un danger réel. En effet, depuis l'incendie de la maison Réveillon (28 avril 1789), jusques et y compris l'insurrection lyonnaise, tous les historiens sont d'accord que le peuple, non-seulement a montré une probité dont sont bien éloignés certains messieurs que je viens de désigner, mais encore a fait prompte et terrible justice de ceux qui voulaient s'approprier quelque effet, c'est-à-dire, *des pillards*. Autre chose est de livrer au feu le mobilier de qui nous fait tuer, ou d'en faire son profit : dans la première hypothèse, on se venge du sang répandu par la dévastation ; dans la seconde, il y aurait *pillage*. Le pillage me semble chose ignoble, même après la victoire d'assaut ; et certes, c'est pousser assez loin le rigorisme sur ce sujet ; mais qui donc a pillé durant la révolution de juillet ? Les compteurs à la banque ont-ils trouvé un écu de moins ? et pourtant ceux qui la gardaient n'avaient pas de quoi manger. Taisez-vous donc, pillards publics, forbans enrichis ; vous avez montré le fond de votre âme : c'est un remords !

(8) Aux seules harpes d'or à célébrer sa gloire....

Lisez les journaux du temps.

(9) Un peu de l'or volé rentre à son escarcelle.

Ce vers a besoin d'explication : je veux parler de ces gras sinécuristes sous Charles X, ne s'en faisant scrupule sous le roi-citoyen, et dont le nom figure au nombre d'honorables noms venant au secours des blessés de juillet. Voler est l'expression radicale : je laisse à qui la désire la délicatesse des subdivisions du vol.

(10) La Thémis du vieux roi réserve un pilori.

Il faut le crier sur les toits, le crier encore, toujours : Valentin Vénard, blessé de trois balles en juillet, a été condamné à cinq ans de réclusion et au carcan, pour avoir donné un soufflet à un garde national.

Quelle a été la peine du garde national assassin de Désirabode ? On le sait.

(11) Qui donc reconnaîtrait le boulanger Mouton....

J'estime d'autant plus un homme, à part le cœur et les vertus, qu'il est parti de plus bas pour s'élever au faîte : aussi n'aurais-je parlé de l'ancien métier de M. le maréchal comte de Lobau que pour faire son éloge, s'il ne s'était permis une indécente diatribe contre les hommes de lettres, dont beaucoup le valent bien, pour n'être ni nobles ni grands de l'État. Quels que soient les services de M. le maréchal, il en a été récompensé largement, trop largement peut-être. Oublier sa condition première pour déverser le mépris sur des hommes qui n'ont d'autre tort que de ne pas penser comme nous, n'est certes pas d'un esprit bien élevé; et si M. le maréchal croit pouvoir se permettre ces gentillesses à cause de sa position d'aujourd'hui, nous croyons devoir ne pas laisser passer sans critique les impertinences de l'ex-boulanger.

LE SERMENT.

Le mot est prononcé : soumis à ton contrôle,
Je dois par un serment t'assurer de ma foi.
Tyran fier et peureux, pour bien masquer ton rôle,
Tu marches abrité sous un manteau de roi;
Mais la condition que ta grâce m'inflige
N'était pas née encor quand je conquis mes droits:
Tu veux du décoré faire ton homme-lige?...
Je dépose ma croix.

Est-ce donc pour ramper sous ta main financière
Que l'insurrection déploya ses drapeaux?
Est-ce pour t'élever qu'on mit dans la poussière
Le front du légitime et les saints oripeaux?
Non, non : la Liberté, poussant le cri de guerre,
Fit mieux que de punir le parjure des rois

Pour nous rendre la honte où nous vivions naguère....
Je dépose ma croix.

Mon serment serait-il un fait de complaisance,
Ou bien à ton génie un hommage rendu?
Doit-il de mon pays assurer la puissance,
Relever son honneur par ta faute perdu?
Ah! qu'un tel avenir à mes yeux se dévoile,
Et nous te permettrons de parler de tes droits;
Mais quand la vérité suffoque sous le voile,
Je dépose ma croix.

Encore, si, fidèle au vœu de ta nourrice,
Des tribuns d'autrefois tu suivais le chemin;
Si, repoussant l'orgueil d'un insolent caprice,
Aux soldats des trois jours tu présentais la main....
Mais ta bave a souillé les tables populaires;
Tu veux nous mener boire au sale égoût des rois.
Talleyrand est ministre, et Vénard aux galères!....
Je dépose ma croix.

Moi! moi! je ramperais sous ce pouvoir infâme
Qui livre la Pologne au fer de ses bourreaux!
Je mêlerais ma voix à la voix qui diffame
Ceux que l'on salua du beau nom de héros!...

Jamais!... La Liberté, mon étoile polaire,
Nétoîra l'avenir.... Elle parle, et je crois.
Va donc offrir ailleurs un indigne salaire :
Je dépose ma croix.

Non! non! je veux rester fidèle à la patrie :
Bras, fortune, avenir, nom, tout pour la servir!
Je l'aime avec transport, avec idolatrie....
Malheur au tyranneau qui voudrait l'asservir!
Elle m'a révélé de sublimes pensées,
Des symboles sacrés inconnus à tes rois.
Plutôt que d'abjurer mes promesses passées,
Je dépose ma croix.

Mais, dis-tu, quel est donc ce misérable gnôme
Qui d'un trait souterrain vient blesser ma fierté?
Croit-il ensevelir sous son terrestre dôme
Mes quinze ans de combats pour notre liberté?...
Écoute, Casimir : quand un *faux anévrisme* (1),
Aux jours de Martignac, vint étouffer ta voix,
De tes admirateurs, moi, je brisais le prisme....
Je dépose ma croix.

Ne prends plus tant de soin de ma future vie (2) :
L'oiseau, de temps en temps, trouve un grain de millet.

Tes riches édredons ne me font point envie :
Je vis pauvre et fidèle à l'honneur de Juillet.
Nous compterons plus tard.... Sous les feux du solstice
Mûrit le blé du peuple et le nectar des rois.....
Attendons.... Jusqu'au jour marqué par la justice,
Je dépose ma croix.

POST-SCRIPTUM.

Varsovie est tombée!... Écoute, homme implacable,
Le cri de ces héros que la banque immola....
Tu voulais un serment pour ma croix?... Misérable!
Un Polonais le dicte, écoute; le voilà :

Si, pour récompenser ta loyauté connue,
Et compléter le pronostic,
Le czar sur notre ville nue
Promenait son ordre public;
Si le Baskir élevait sa barraque
Sur les débris de ton palais;
Si, pantelant sous le pied du Cosaque,
Pour vivre encor, tu demandais
Un mot, rien qu'un seul mot.... l'agonie est horrible!
Mais Varsovie est morte, hélas!
Morte par toi!... mon serment est terrible :
Ce mot..... je ne le dirais pas!

Si le Dieu dont on parle existe; à la vengeance
S'il prête quelquefois sa main;
Si sa voix repoussa le serment d'allégeance
Des égorgeurs du genre humain;
Si, pour mettre ton corps en poudre,
Il promettait de s'armer de la foudre
A la prière d'un mortel;
Cette prière, je le jure,
L'esprit tranquille et l'âme pure,
Je la ferais à la face du ciel,
Comme autrefois Guillaume Tell!

Le voilà, mon serment! Ambitieux satrape,
En es-tu satisfait? — Sur la main qui te frappe
Tes yeux ont découvert quelques taches de sang?
— C'est vrai; mais aux trois jours, alors que l'égoïsme
Comme un lâche fuyait devant le despotisme,
Moi j'étais à mon rang.

Lave, si tu le peux, celui qui sur ta face
Rejaillit en juillet : il sera la préface
Du livre où te clouera l'inflexible avenir....
Souviens-toi de ce jour où la main des gendarmes,
A ta porte, sabra ces jeunes gens sans armes
Qui venaient te bénir.

Oui, de sang, en juillet, ma main resta rougie;
Mais du moins, à ma voix on accordait la vie
A ces gardes royaux qui nous criaient merci.
Toi, tu mourais de peur quand sifflait la mitraille;
Et tu ressuscitas après notre bataille,
Pour dire : Me voici!

Quel tu fus, tu seras.... Ministre sans vergogne,
Il te manquait encor de tuer la Pologne:
Tu l'as fait... Le temps marche, et notre tour viendra...
Va, livre ta patrie aux fureurs des barbares;
Mais tremble cependant! peut-être des Tartares
Le fer nous vengera.

NOTES.

---

(1) Ecoute, Casimir : quand un *faux anévrisme...*

Il faut noter ce fait : un jour, sous le ministère Martignac, la bonne *Gazette* se prit à dire que M. Casimir Périer, l'un des premiers talens, et peut-être le seul talent de la gauche (c'est *la Gazette* qui parle), était perdu pour la tribune. Selon le journal légitimiste, M. Périer était atteint d'un anévrisme. Grande fut donc la surprise des libéraux quand ils apprirent, à quelque temps de là, que le fougueux tribun dansait au bal de la cour. Danser avec un anévrisme ! Jamais la faculté n'eût ordonné pareil remède ; et en cela elle aurait eu grand tort, puisque M. Périer est guéri.

(2) Ne prends plus tant de soin de ma future vie...

Il paraît que les maires avaient reçu certaines instructions confidentielles touchant le serment à prêter pour la croix de

Juillet : si l'on m'a dit vrai, on aurait, dans certaines mairies, fait envisager aux dissidens que le refus de serment était pour eux une question d'avenir. Admirable morale! ils n'en sortiront pas; toujours : *à combien ta conscience?*

FIN.

www.ingramcontent.com/pod-product-compliance
Ingram Content Group UK Ltd.
Pitfield, Milton Keynes, MK11 3LW, UK
UKHW022149170726
13837UKWH00004B/1889

9 782019 687984